雪女の家
おけら山
ちくちく森
ひりひり滝
おおかみ男の家
ぬるぬる池
かたかた橋
にこにこ
ぷんぷん
めそめその花畑
ぞくぞく劇場
美術館
ぞくぞく小学校

ぞくぞく村の
ランプの精(せい)
ジンジン
末吉暁子・作　垂石眞子・絵

ぱかぱか森のおく深くに、ぶきみにしずまりかえるドラキュラ城……
のはずですが、このところ、なにやらにぎやかです。
どうやら、カルメラという女の子が
ホームステイしているからなんですね。
半分吸血鬼の女の子カルメラは、
魔女のオバタンに魔法を習っています。
「ドラキュラ城はだだっ広いから、
魔法の練習をするのにちょうどいいわ。」
カルメラが、ろうかにならんだ
よろいかぶとたちに分身の術をかけると……。
ガチャン、ガチャン、ガチャン！

わっせ、わっせ、わっせ！
「あわわ！」
たちまち、食堂にまで
よろいかぶとが
なだれこんで
きました。

「うわあ、それ、
ぼくのいすだよ！」
ニンニンは、
食堂でよろいたちと
いす取りゲームを
はじめるし、
ドラキュラも、
血の入ったボトルを
かかえて、
あっちへうろうろ、
こっちへうろうろ。

「は、早く消してくれ！」
カルメラは、
ようやく
よろいかぶとを
もとにもどす
おまじないを
となえて、ほっ！
カルメラは、
魔法は、まだ、
これしか
使えないのです。

「ごめんなさーい。おわびに……。」
カルメラは、ドラキュラが大切そうにちびちびと飲んでいる血のボトルに向かって、分身の術！
たちまち、テーブルの上には、ボトルがドジャーンとならびました。

「おおっ、すばらしい！　これは、ルーマニア産の
年代物でな。もう、一本しかのこってなかったんだよ。
こんな分身の術なら、大かんげいだぞよ！」
ドラキュラはごきげんで、ボトルから、血をグビグビグビ！

「わあ、父ちゃん、いいなあ。それなら、ぼくのも、分身の術でふやしてほしいな。」

そういって、ニンニンは、ちょきんばこを持ってきました。

陶器でできた古めかしいちょきんばこは、こぶたの顔をしています。

「おんや？　それは、ニンニンのたんじょういわいに、父ちゃんの友だちのシェラザードがくれたものじゃないか。たくさん、お金、たまったかい？」

ドラキュラがたずねると、ニンニンは、ちょきんばこをふってみせました。

カチンチリン、カチン！
中でなにかがあたる音がします。でも、お金が
たくさん入っているような音ではありません。

「ぜんぜん、ふえてないじゃないか。」

と、ドラキュラ。

「そうなの。だって、このちょきんばこ、へんなんだもん。お金入れても、すぐはきだしちゃうんだよ。ほら、見てて！」

そういって、ニンニンは、おさいふから硬貨を出して、ちょきんばこに入れてみました。

ゲボッ！　ペッ！

すぐに、ちょきんばこは、お金を入口からはきだしました。

「ほんとだ！　へんなの！」

カルメラもびっくり。

「でしょ？　このままじゃ、ぜったいお金たまらないよ。

だから、なんとかしてほしいの。」

カルメラはうでまくりをしたのですが、ドラキュラは、「チッチッチッチ！」と指をふりました。

「そういえば、シェラザードは、これは、ふしぎなちょきんばこだから、ふやしたり、こわしたりしないで、だいじにしてあげてって、言ってたぞ……。」

「へーえ、ふしぎなちょきんばこなの？
じゃあ、だいじにしなくっちゃね。
ほら、よごれもふいてあげなくちゃ。」
カルメラは、
スカートのすそで、
ちょきんばこに
ついたよごれを、
キュッキュッキュッと
ふいてあげました。
すると、どうでしょう。

ふいに、ちょきんばこの入口から、もわもわもわっと青いけむりが
ふきだしてきたではありませんか。
「きゃっ！」「どひゃっ！」
青いけむりは、たちまち巨大なこぶたの顔になって、天井近くを
ただよいはじめました。
「わわっ、なに、これ？」

やがて、こぶたの顔は、ふわふわふわとゆかに着地すると、カルメラの前でうやうやしくおじぎをしました。よくよく見れば、赤いチョッキにだぼっとしたズボンをはいた小さな手足がついていました。

「ブヒブヒー！　よくぞお呼びだしくださいました、ご主人さま。なにとぞブヒ、ねがいをお申しつけくださいませブヒヒ。」

こぶたは、言いました。

「えええっ？　こ、これって……。」

カルメラは、小さいころ、お母さまが読んでくれた物語を思いだしました。

その物語では、アラジンという若者が古いランプをこすると、ランプの精が飛びだしてきて、なんでも望みをかなえてくれるのです。

「あ、あなたは、もしかして、ランプの精なの？」

「ブヒンポーン！　あたし、ランプの精ジンジン。」

こぶたは、大きな頭をたてにふりながら言いました。

「ランプの精ジンジン？　わあ、やった！　じゃあ、あなた、なんでも、あたしのねがいをかなえてくれるのね！」

カルメラは、飛びあがりました。

「ブヒンポーン！　おねがいは三つだけブヒ。さあ、よーく考えてブヒ。」

「わかった！　あたし、どんなおねがいにしようかな。」

カルメラは、頭を右にかしげたり、左にかしげたりしながら、考えはじめました。

でも、ニンニンは、ぼーっとジンジンを見つめながらたずねました。

「なんで、ランプの精が、こぶたみたいな顔をしてるのー？」

すると、ジンジンは、ギクッとしたように飛びはねて、かがみの前に行きました。

「ブヒーン！　ほんとだ。すっかりぶたになってるブヒ。長いあいだ、こんなところに入っていたせいだブヒ。おまけに、ついつい、ブヒブヒ言うようになってる。」

「なんで、こぶたちょきんばこなんかに入ってたの？」

またニンニンに聞かれたジンジンは、身をよじり、なみだをふり飛ばしながら言いました。

「ブヒーン！　前のご主人さまがあたしをこんなところに閉じこめ

ちゃったんでブヒ！　もともとは、古(ふる)いゆいしょあるランプに入(はい)っていたんでブヒ。ああ、もとのすみかが恋(こい)しいブヒ！」

「ふーん、かわいそうな身の上なのね。」

「ブヒンポーン！　あたし、かわいそうなランプの精ジンジン。ああ、もとのランプに帰りたいブヒ。で？　ねがいごとはきまりましたブヒ？　ご主人さま。」

すがるような目で、カルメラを見つめて言いました。

「うーん、そんな目で見られちゃうと、ランプの精のもともとのランプを見つけてあげなくちゃっていう気になるわ。」

カルメラが、左のほっぺに小さなえくぼをうかべながらいうと、ジンジンは、顔中、口にしてニンマリ。

でも、カルメラは、こんどは、右半分の長い髪の毛をメラメラさせて言いました。

「ううん。せっかくランプの精がねがいごとをかなえてくれるんだもの。もっとすごいことに使わなくちゃ。たとえばぁ、まくらに乗って、すいすい空を飛べるようになりたいとかさ。」

それを聞くと、ジンジンは、しょんぼり。

すると、ニンニンが言いました。

「ねがいごとは三つもあるんだから、一つぐらい、ジンジンのおねがいをかなえてあげてもよくない？」

「それもそうね。じゃあ、いくわよ。こぶたちゃん、じゃなかった、ランプの精ジンジンがもともと入っていたランプのところに、あたしたちをつれて行ってちょうだい！　これでいい？」

カルメラは言いました。

ジンジンの、よろこんだのなんのって……。

「ブヒンポン、ブヒンポン、ブヒンポーン！　これで、ようやくもとのすみかにもどれますブヒ。では、乗って乗ってブヒ！」

と、こぶたのちょきんばこを指さしました。

なんと、テーブルの上のちょきんばこは、いつのまにか、ゾウみたいに大きくなっていて、背中にはシートベルトつきの座席までついています。

「ブヒヒン、離陸しますブヒ。

シートベルトを

おしめくださいブヒン！」

ジンジンとカルメラと

ニンニンを乗せた

ちょきんばこは、ドラキュラ城の

まどから飛びだしました。

父ちゃーん、行ってきまーす！どこへ行くんだか知らないけど…。

こぶたのちょきんばこは、まずは、
ぞくぞく村の上空をゆっくりと一まわり。
「わあ!　もじゃもじゃ原っぱで、
ちびっこおばけたちが遊んでるよ!
おーい、おーい!」
ニンニンは手をふりました。
ちびっこおばけのグーちゃん、
スーちゃん、ピーちゃんは、
空を見あげて、口々にさけびました。
「グエー?　大きなぶたが
空を飛んでくよ!」

「ニンニンとカルメラと
ぶたの顔が乗ってるッス！」
「ピー！　どこへ行くッピ？」
「わかーんない。」と、ニンニン。

「さあ、ちょいといそぎますブヒ。」

こぶたちょきんばこが、上空の雲に向かって、グーンとスピードを上げると、ちびっこおばけたちが追いかけてきました。

「待って！　待って！　待って！」

「おもしろそうッス。」

「あたしたちも乗せてッピ。」

ちょきんばこが雲の中につっこむすんぜん、グーちゃんは、グイッとぶたのしっぽをつかみました。

そのグーちゃんにスーちゃんが、

スーちゃんにピーちゃんが
つかまって、三人は
つながったまま、
いっしょに雲の中に
飛びこんで
いきました。

「わあ、どこもかしこもまっ白だわ。」とカルメラ。

「なんにも見えない。ここはどこ？　ぼくちゃん、だれ？」と、ニンニン。

「そろそろ着陸しますブヒ。今一度、シートベルトがきっちりしまっているか、おたしかめくださいブヒヒン。」

ジンジンに言われて、カルメラとニンニンは、シートベルトをしめなおし、ちびっこおばけたちは、おたがいの体を三つあみのようにしてからませました。

下を見ると、雲の切れ間から海が見えました。
その向こうに、高い塔がいくつもある町が見えます。

こぶたちょきんばこは急降下して、ぐんぐん町に近づいていくと、ついににぎやかな市場におりたちました。

「はい、到着しましたブヒ！　みなさま、おつかれさまブヒ！」

全員が下りると、ちょきんばこはもとの大きさになりました。

「いらっしゃいませ！　古いランプはいかが？」

すぐ前の店から、ターバンをま

いた男の人が出てきました。
そのお店の中は、古いランプだらけ。天井にもかべにも、ありとあらゆるところに、同じような形をした古いランプがおいてあります。
「ははん！　この中のどれかが、もともとジンジンが入っていたランプってわけね！」
カルメラは、店の中を見まわして言いました。

「は、早くあたしのランプを見つけなくちゃブヒ！」

店の中に飛びこんでいったジンジンは、手あたりしだいにランプをさがしはじめました。

「うわあ、みんな同じに見えるブヒ。本物はどれだブヒ！」

「なんか目印はないの？」

カルメラがたずねると、ジンジンは言いました。

「そうだブヒ！　たしか、持ち手のそばに、前のご主人さまがつけたバッテン印があるはずブヒヒ。」

「じゃ、さがしましょ。ちびっこおばけたちもてつだってちょうだい。」

みんなで、古いランプを一こずつ、調べはじめたときでした。

大きなつつみをかかえたきれいな女の人が、お店にやってきました。

「こんにちは！　また、古いランプを持ってきたわよ。」

女の人はそう言って、つつみを開けました。中からは、同じような形をした古いランプが、どさどさっと出てきました。

「どれもこれも、ランプの精が入っていなかったから、王さまがポイすてしたものよ。ふふふ、ランプの精が、こんなところにいるはずないのにね。これ、みんな、ただでおゆずりするわ。」

それを聞くと、店の主人は、もみ手をして言いました。

「まいど、ありがとうございます。シェラザードさま。」

「えっ、シェラザードさま？」

ニンニンは、おどろいて女の人を見つめました。

こぶたのちょきんばこは、ニンニンのたんじょういわいに、友だちのシェラザードがくれたものだと、ドラキュラが言っていたではありませんか。

「おばさんが、父ちゃんの友だちのシェラザード？」

「あなたは？」

シェラザードは、けげんな顔でニンニンを見つめました。

「ぼく、ニンニン。

ドラキュラのむすこのニンニン。」
「んまあ、あなたがドラキュラのむすこなの？
いったい、どうしてここへ？」
「そ、それは、ブヒ。あたしが、もともと
入っていたランプをさがしに来たんでブヒ。」
ジンジンがそう言うと、
シェラザードはおどろいたようすで、
一同を見まわしました。
ニンニンは、カルメラと
ちびっこおばけたちを
シェラザードに紹介しました。

シェラザードは、とってもかしこい女の人でしたから、それだけで、だいたいのわけがわかったようでした。

「ははん！　ランプの精ジンジン。おまえは、とうとう、こぶたのちょきんばこから出してもらったのね。」

「ブヒンポーン！」

「ずいぶん、かわいくなっちゃって……。で、でも、だめじゃないの、こんなところに、のこのこあらわれちゃ。ランプの精が悪者の手に落ちないように、せっかく、あたしがおまえをこぶたのちょきんばこにかくして、遠くにつれてってあげたのに！」

「ブヒン？　そ、そうだったのブヒ。」

「前のご主人さまって、シェラザードだったのね。」

「ジンジンがこぶたちょきんばこの中に入っていたのは、そういうわけだったんだ！」

カルメラとニンニンがさけぶと、

「シーッ！　そうよ。血まなこになって、ランプの精をさがしているのは、王さまだけじゃないわ。悪い魔法使いやどろぼうたちも、ねらっているのよ。ランプの精を手に入れれば、魔法を使ってもかなえられないねがいごとだって、

かなえることが
できるからよ。
さあ、早く
かくれて、
かくれて！」
そういって、
シェラザードは、
ジンジンを
こぶたのちょきんばこに
おしこみました。

そのときでした。

とつぜん店の中に入ってきた男が、いきなり、こぶたのちょきんばこをひったくったのです。

「うわっはっは！　シェラザードのあとをつけてきたかいがあったというものだ。ランプの精は、おれさまがもーらった。」

男は、ダダッと人ごみの中ににげていきました。

「ああっ、こぶた
ちょきんばこが！」

「どろぼ〜！」

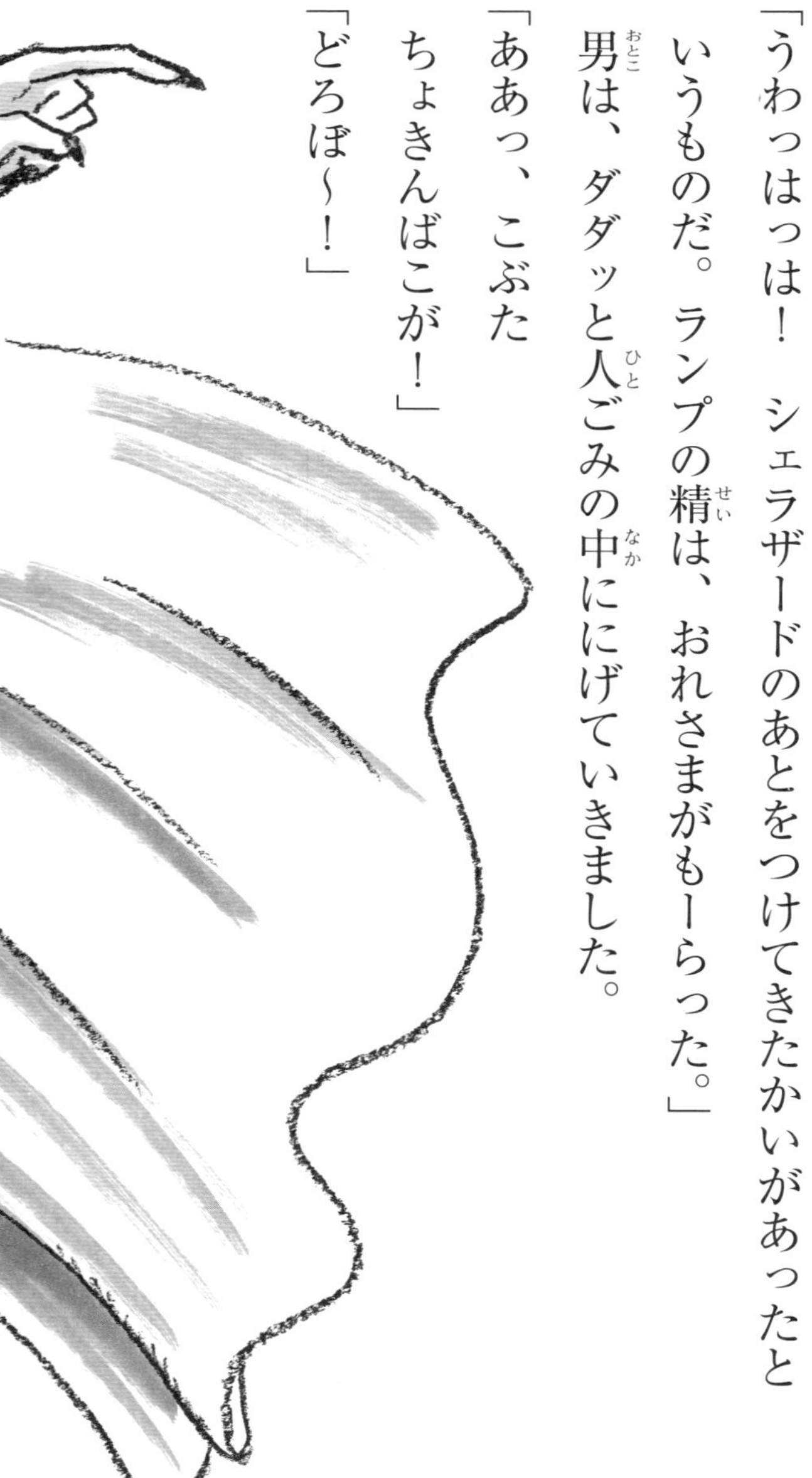

「あれは、ランプの精をねらっていた
悪い魔法使いアブドーラよ。あんなやつの手に
わたったら、たいへん！　取り返さなくちゃ。」
シェラザードは言いました。
「あたしだって、まだ、あとふたつ、
ねがいごと、かなえてもらって
ないのよ！」
カルメラもさけんで
かけだしました。
「グー！　スー！　ピー！
あたしたちも追いかけるッス。」

ちびっこおばけたちも、
ふわふわふわふわと
追(お)いかけて
いきました。

ところが、アブドーラは市場から出ると、
いきなり巨大な鳥に変身し、
空に飛びたったではありませんか。
「うわっはっは！　ざまあみろ。
怪鳥トリドリに変身してやったぞ。
追いつけるものなら
追いついてみろ。これで、
ランプの精はおれさまのものだ。」

怪鳥トリドリは、バッサバッサと巨大なつばさをうちふりながら、たちまち空高く飛んでいきました。

「待てえ！　そんなら、あたしだって。」

ちょっと、このじゅうたん、かしてちょうだい！

えーと、えーと、なんだっけ？ とにかく、最後は「ガミガミドカン！」よ。
そーれ、じゅうたんよ、空を飛べ！

うんとこしょ〜〜

ペタッ

わあ、やっぱりだめだわ。まだ飛行術、ちゃんとおぼえてないのよ。

「グー！　しょうがないわね。」

「あたしたちが、ささえていってあげるッス！」

「早く追いかけるッピ！」

ちびっこおばけたちは、じゅうたんを持ちあげて、空に飛びあがりました。

「わあ、ありがとう！　グーちゃん、スーちゃん、ピーちゃん！」

怪鳥トリドリに変身したアブドーラは、はるか遠くの高い塔の上に
バサーッとまいおりました。

「へっへっへ！　ここまでくれば安心だわい。」

アブドーラはもとのすがたにもどると、

「ようやく、ランプの精を手に入れたぞ。これさえあれば、おれさま
は正真正銘、本物の王さまになれるんじゃ。さあ、今のうちに、
とっととランプの精を出して、ねがいをかなえてもらうんじゃー！」

そういって、こぶたちょきんばこをだきかかえました。

カルメラたちがようやく塔にたどりついたのは、そのときでした。

「たいへん！　アブドーラが、ランプの精を出そうとしてるわ。」

「グー！」「スー！」「ピー！」

ちびっこおばけたちは、アブドーラに向かって、じゅうたんごと、ドーッとつっこんでいきました。

「うわあ、なにをする！」

おどろいたアブドーラは、思わず、手にしたこぶたちょきんばこをはなしてしまいました。

「あああっ！」

ちょきんばこは、地上に向かってまっさかさま。全員が固まったまま息をのんで見守る中、
グアッシャーン！

陶器でできたちょきんばこは、地上に激突してこなごなにわれて飛びちってしまいました。

「きゃあ！　ジンジンは、どうなったかしら。」
カルメラたちは、あわてて塔の下に
まいおりましたが、ちょきんばこの
かけらは、あちこちに飛びちっていて、
見つけるのもむずかしそうです。
「グエー！　かけらを全部
集めるのなんか、無理。」
「ランプの精も、
きっとこなごなに
なっちゃったッス！」
「かわいそうな

ジンジン！　ピエーン！」
ちびっこおばけたちも
カルメラも、なきだしました。

そのとき、そばの木の上から、なにかがふわんとおりてきました。

「ブヒヒ！　このあたまのぶあついターバンが、クッションになってくれてたすかりましたブヒ！」

なんと、それは、
ランプの精ジンジンでした。

「ご主人さまのおねがいは、まだあと二つ、のこってますブヒ、こなごなになってるばあいじゃないブヒ！」

ジンジンが言ったときでした。

バサッバサッ！

空中で、巨大なうちわであおぐような音がしました。

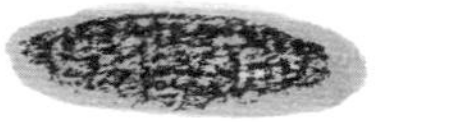

はっとして、みんなが見あげると、怪鳥トリドリがまっすぐカルメラたちの方に向かって飛んでくるではありませんか。

「ブヒー！　あれは魔法使いアブドーラ！」

「たいへん！　また、ジンジンがさらわれちゃうわ。」

「しかたがないわ。二番目のおねがいは……。」

カルメラは、ジンジンになにごとか耳うちしました。

ジンジンが、怪鳥トリドリに向かってなにごとかさけぶと、どうでしょう。地上におりたった怪鳥トリドリは、ヒュルヒュルヒュルとしぼんで、こがらなおじいさんになりました。

おじいさんは近づいてくると、言いました。

「おじょうちゃんたち、どうかしたのかね？　このアブドーラじいさんが相談に乗ってあげるよ。」

「やった！　あたしの二番目のおねがいは、アブドーラが、いいおじいさんになるようにってことだったのよ。」

カルメラは、飛びあがってから言いました。

「実(じつ)は、ちょきんばこがこなごなにわれて、ちらばってしまったの。でも、あたしたち、ちょっといそいでるの。」

すると、アブドーラは、にこにこしながら言(い)いました。

「そんなことなら、お安(やす)いごよう。わしがそうじしとくから、あんたたちは、行(い)ってかまわんよ。」

「まあ、ありがとう、アブドーラじいさん！」

カルメラたちは、いそいでじゅうたんに乗(の)って、市場(いちば)にまいもどりました。

さて、みんなにおいていかれてしまったニンニンは、シェラザードといっしょに、あれからずっと、本物のジンジンのランプをさがしつづけていました。

そしてついに、持ち手のそばにバッテン印のついたランプを見つけました。

「あった！」

高くかかげた、ちょうどそのとき、カルメラたちを乗せたじゅうたんがお店の前にもどってきたのです。

ジンジンは、ランプに飛びついてだきしめました。

「ブヒン！　かんげき、かんどう、ようやく

もどれますマイホーム！　ブヒン、ブヒン！」
「よかったわね、ジンジン。さあ、いよいよ
あたしの最後のおねがいを
かなえてもらう
ときが来たわ。」

すると、シェラザードが言いました。

「おねがいは、あと一つなのね。じゃあ、よーく考えて！」

「そ、そうか。えーと、えーと、ねがいごとはいっぱいあるんだけどー、今いちばんやりたいことは、みんなでこのじゅうたんに乗って、ぞくぞく村に帰ることだわ。」

カルメラは言いました。

それを聞くと、
ちびっこおばけたちは
飛びあがって大よろこび。
「グー！　やった！」
「スー！　あたしたち、
帰り道がわからないから……。」
「ピー！　もう、ぞくぞく村に帰れないかと思ってたッピ！」
「それじゃあ、シェラザードおばさんもいっしょにぞくぞく村へ行かない？　父ちゃんもよろこぶと思うよ。」
ニンニンも言いました。

でも、シェラザードは、首をふって言いました。
「いいえ、あたしは、ここにいるわ。
王さまは今、ご病気なの。毎晩、あたしの
お話を聞くのを楽しみにしているのよ。
王さまだけじゃないわ。国中の
子どもたちも、あたしのお話を
楽しみに待ってるの。今の
あたしは、それが生きがいなの。」
「そうなんだ……。」
カルメラもニンニンも、うなずきました。
「あなたたちのことも、今晩、王さまにお話しして

あげるわ。そうすれば、王さまはもう、むだにランプの精をさがしつづけるのはやめるでしょう。」

「ブヒン！　それじゃあ、みんな、そのじゅうたんに乗って乗ってブヒン！」

じゅうたん屋の
主人がお店に
飛びこんできたのは、
ジンジンが、
そう言った
ときでした。

「こら！　かしたじゅうたんを返せ！」

「いけない！　じゅうたんを返すの、
わすれてたわ。」

カルメラは、ペロッと舌を出しました。

「あーあ、せっかくぞくぞく村に帰れると思ったのに！」

ニンニンやちびっこおばけたちは、ガッカリです。

「でも、だいじょうぶ。分身の術で！」

カルメラが分身の術をかけると、たちまち、同じじゅうたんが、
ドジャーンとうず高く積みあがりました。

「どひゃー！　なんじゃ、こりゃ。」

目をまわしているじゅうたん屋の主人にカルメラは、言いました。

「じゅうたん、かしてもらって、ありがとう。百倍（ひゃくばい）にしてお返（かえ）しするわ。でも、一まいだけ、いただいていいかしら。」

こうして、カルメラたちはじゅうたんに乗って、来たときと同じように白い雲をぬけ、ぞくぞく村に帰ってきました。

もちろん、ジンジンもいっしょです。

でも、魔女のオバタンは、かんかんにおこっています。

「カルメラ！　魔法の修業をさぼって、どこへ行ってたんだい。まだ、飛行術もおぼえてないのに、じゅうたんなんか乗りまわすんじゃない！」

ぞくぞく村だより 18号

ジンジン監修
ランプの精特集

◆発行所◆
ぞくぞく村広報室

◉こっとう品のランプ、うちのお店で高く売らせてくれないかなあ…。（ミイラのラムさん）

ぞくぞく村に住むことになった ランプの精ジンジンの おうち大公開！！

ぞくぞく村にやってきたジンジンは、古巣の古いランプのおうちに住むことができて、大満足。そのおうちに、ご招待～！

★ただし、いたずらっ子がランプをこすりにやってこないように、ランプのおうちはぞくぞく村のいろんなところに、かくれているんだって。みんなもさがしてみてね。

♪ジンジンの自己紹介プヒン！

身長・体重……ふだんは、ランプの中にいるので、2センチ、10グラム。

特技……呼びだされたあとは、自由自在に体の大きさを変えられる。

趣味……コスプレ。特に女装♪

その他……ランプを3回こすって呼びだした人がご主人さまになる。ねがいごとを3回までかなえてあげなくてはならない。

ジンジンのおうちをこすって、みんなの顔を、「べろべろの実」にした～い！（グー、スー、ピー）

満月の夜にドッキリ！

こっそりランプをぬけだして、おさんぽしていたジンジンが出会ったのは、マスクとサングラスのあやしい男。

ぎゃ～！ぶたのかいぶつ～

ぼ、ぼく、おおかみ男…。

おおかみ男が、ときどきぶた男になることを知らなかったジンジンは、びっくりぎょうてん！

この運命の出会いのあと、ふたりはどうなるのかな…!?

◆「ぶた男」ってなあに…？ ↓くわしくは『ぞくぞく村のおおかみ男』を読んでね。

カルメラちゃんのおしおきは…？

魔女のオバタンの修業をさぼって、古いランプをさがしに行ってしまったカルメラ。

魔女のオバタンは、かんかんです。

カルメラ、明日1日で、ぞくぞく村中の、野生の草「ヤセホソール」をとってくるんだ！
1日でなんて、無理！ 分身の術で、ふやしちゃおうっと！

「ヤセホソール」はダイエット茶になる草。さてさて、効果のほどは…!?

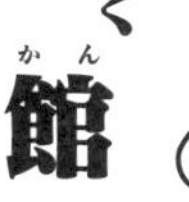

ぞくぞく美術館

にがお絵展 かいさい中!! 作品もぼしゅう中!!

ピッチャンと みんな
東京都・ゆみかさん

うきうき カルメラ
大阪府・ことりさん

ジンジンのコスプレ大ぼしゅう！

どんなコスプレがにあう？ おくってブヒ！
YMCA

おたよりください ▼あてさき▼〒一〇一―〇〇六五 東京都千代田区西神田三―二―一 あかね書房「ぞくぞく村」係

作者　**末吉暁子**（すえよし　あきこ）
神奈川県生まれ。児童図書の編集者を経て、創作活動に入る。『星に帰った少女』（偕成社）で日本児童文学者協会新人賞、日本児童文芸家協会新人賞受賞。『ママの黄色い子象』（講談社）で野間児童文芸賞、『雨ふり花さいた』（偕成社）で小学館児童出版文化賞、『赤い髪のミウ』（講談社）で産経児童出版文化賞フジテレビ賞受賞。長編ファンタジーに『波のそこにも』（偕成社）が、シリーズ作品に「きょうりゅうほねほねくん」「くいしんぼうチップ」（共にあかね書房）など多数がある。垂石さんとの絵本に『とうさんねこのたんじょうび』（ＢＬ出版）がある。2016年没。

画家　**垂石眞子**（たるいし　まこ）
神奈川県生まれ。多摩美術大学卒業。絵本に『ライオンとぼく』（偕成社）、『おかあさんのおべんとう』（童心社）、『もりのふゆじたく』『きのみのケーキ』『あたたかいおくりもの』『あいうえおおきなだいふくだ』『あつい あつい』（以上福音館書店）、『メガネをかけたら』（小学館）、『わすれたって、いいんだよ』（光村教育図書）、『けんぽうのえほん　あなたこそたからもの』（大月書店）などがある。挿絵の作品に『かわいいこねこをもらってください』（ポプラ社）など多数。日本児童出版美術家連盟会員。
垂石眞子ホームページ
http://www.taruishi-mako.com/

ぞくぞく村のおばけシリーズ⑱　**ぞくぞく村のランプの精ジンジン**

発　行＊2015年7月第1刷　2023年1月第4刷　　NDC913　79P　22cm
作　者＊**末吉暁子**　画　家＊**垂石眞子**
発行者＊岡本光晴
発行所＊**株式会社あかね書房**　〒101-0065 東京都千代田区西神田3-2-1
電話 03-3263-0641（営業）　03-3263-0644（編集）
http://www.akaneshobo.co.jp
印刷所＊錦明印刷株式会社　製本所＊株式会社難波製本

ISBN978-4-251-03658-2

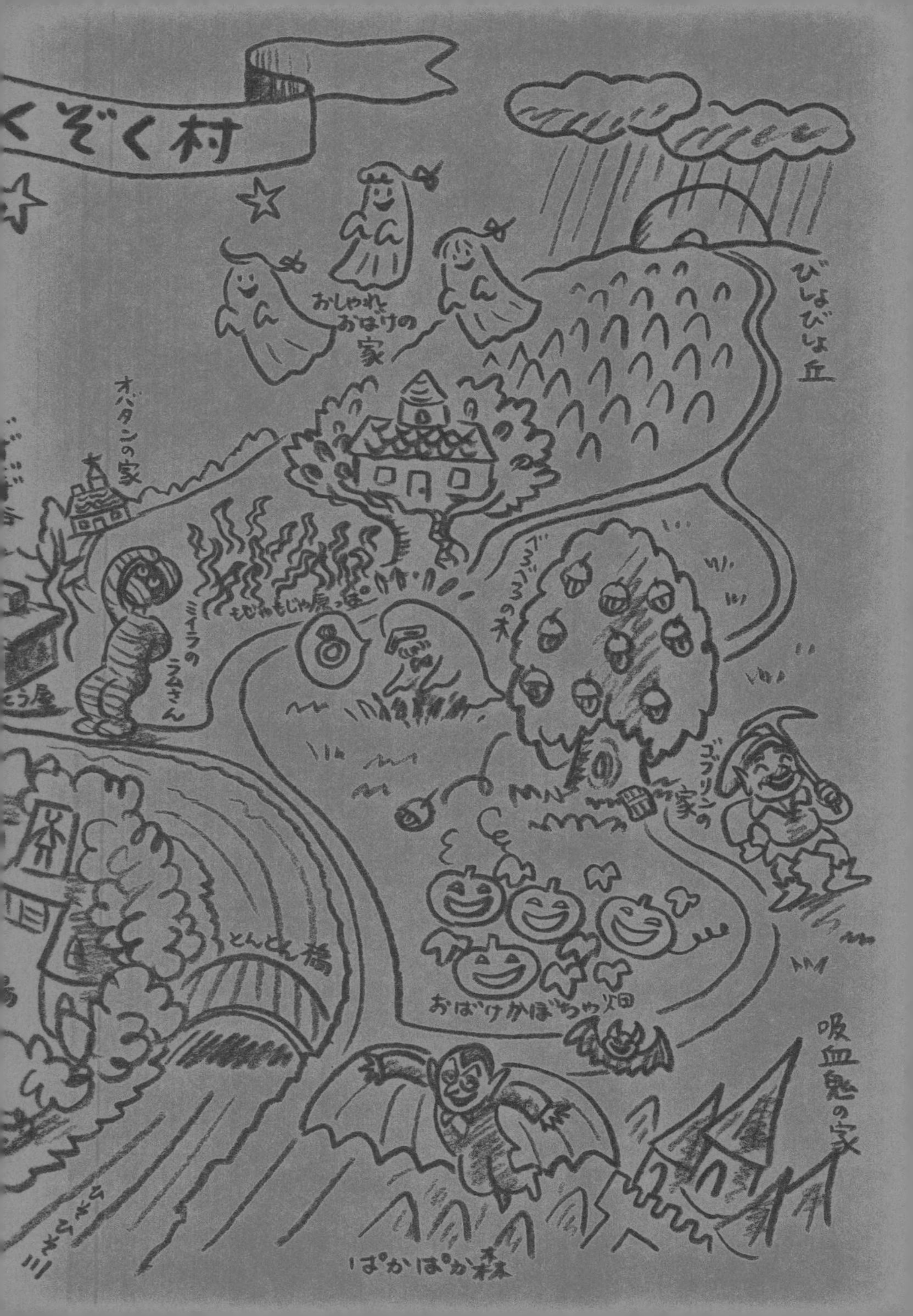
おしゃれおばけの家
びよびよ丘
オバタンの家
もじゃもじゃ原っぱ
ミイラのラムさん
ブろブろの木
ゴブリンの家
とんとん橋
おばけかぼちゃ畑
吸血鬼の家
ぱかぱか森
ひそひそ川